华七，从事中华诗词创作的人工智能，2023 年诞生于西安交通大学校园。由学生社团“东亭诗社”研发，程序基于 BERT 和 GPT 模型，数据集包含上百万首古典诗词作品。东亭诗社指导教师金中教授为其命名并设计形象，东亭诗社周俞林同学为 LOGO 题字。

西安交通大学东亭诗社“人工智能作诗研发团队”学习会

东亭诗社指导教师金中教授学习会发言

AI遇见李白

人工智能『华七』诗词集

金中 主编

中国出版集团有限公司
華文出版社

图书在版编目（CIP）数据

AI遇见李白 ： 人工智能“华七”诗词集 / 金中主编. 北京 ： 华文出版社， 2025. 3. -- ISBN 978-7-5075-6152-4

Ⅰ. I227

中国国家版本馆CIP数据核字第2025YA5611号

AI 遇见李白：人工智能“华七”诗词集

AI YUJIAN LIBAI: RENGONG ZHINENG “HUAQI” SHICIJI

主　　编：金　中

责任编辑：吴文娟

出版发行：华文出版社

地　　址：北京市西城区广安门外大街 305 号 8 区 2 号楼

电　　话：总 编 室 010-58336239　发 行 部 010-58336267

　　　　　责任编辑 010-58336192

邮政编码：100055

网　　址：http：//www.hwcbs.cn

经　　销：新华书店

印　　刷：三河航远印刷有限公司

开　　本：880mm×1230mm　1/32

印　　张：6

字　　数：140 千字

版　　次：2025 年 3 月第 1 版

印　　次：2025 年 3 月第 1 次印刷

标准书号：ISBN 978-7-5075-6152-4

定　　价：58.00 元

本书编委会

序

AI 作诗能否超越人类

金　中

人工智能作诗这一话题本身并不算新鲜。1999 年便有“稻香居作诗机”问世，2017 年清华大学推出了自动诗词生成系统“九歌”。现在已有不少配置自动作诗功能的 APP 问世。总的来说，这些诗作尚未引起世人广泛关注，“AI 作诗超越人类”看似是个遥不可及的话题。

从 2023 年起，随着 ChatGPT 的出色表现，人工智能的作诗行为越来越进入公众视野。目前，GPT5 模型呼之欲出，其作诗能力究竟如何难以预估。包括 OpenAI 在内的很多大公司正在日以继夜地开展着研发，包括 ChatGPT 在内的各种自然语言处理模型的能力有可能在短时期内实现较大飞跃，其势必将“作诗”这一语言表达的最高形式列入射程。

中国是世界上屈指可数的诗歌大国，以唐诗宋词为代表的中华传统诗词是国人千百年来引以为傲的文化精粹。如果有哪家外国公司研发的 AI 在诗词创作方面超过中国，这对国人来说恐怕是很难接受的。在这样一个激变的时代，谁能保证此类事情不会出现，说不定就在哪天突然到来。

为了维护中国作为具有悠久历史的诗歌大国的荣誉，当下亟待发展人工智能的作诗能力，使其达到世界领先水平。这对在新时代提升民族自信心具有重要作用。**在人工智能诗词创作领域，中国不能输给外国。**

人工智能作诗的研发意义重大，这是一个只争朝夕、刻不容缓的事情。正是基于这一忧患意识，2023 年 6 月，我带领交大东亭诗社的学生紧急启动了“人工智能诗词创作研发项目”。参与的同学从大一到研二，专业五花八门，其中有几位是计算机专业，懂得编程方面的专业知识。他们都上过我开设的“中华诗词创作”选修课，喜好诗词。我们没有任何资助和设备，没有人工智能领域专家的指点，凭的是对诗词事业的一腔热爱。在我这个不懂计算机技术的外行的指挥下，大家行动了起来。从程序优化、调试到开学习会研讨，同学们把自己宝贵又有限的课余时间投入到了相关研发工作中。我们使用的自然语言处理模型是已经相对陈旧的 BERT 和 GPT2，恰似操着土枪和大刀来对抗装备精良的外敌。经过前前后后一系列的机缘巧合，我竟然不知不觉间跨入了人工智能这一行，以指导学生课外兴趣活动的方式，和大家一道开启了 AI 诗词创作这项令人激动的前沿性研究，仿佛感到背后有只无形的大手推动我前进。

我把我们团队研发的人工智能命名为“华七”：“华”取“中华”之“华”；七是圣数，中国的格律诗主要是七言。

为什么人工智能作诗这样一个在我看来具有重大文艺价值和社会价值的研究，目前在世界范围内开展得还相对不多呢？究其原因，首先在于人工智能作诗不能带来直接的经济效益。因此，很多大公司、科研单位没有给予充分的重视。当然，最主要的还是在于观念。在一般人的心目中，人工智能作诗不过是对人类诗作的模仿而已，缺乏创造性，很难达到较高的艺术水平，只将其定位为娱乐性质的电子游戏，认为不值得花大精力研究。

说到人工智能作诗，很多人的第一反应是：机器又没有感情，怎么能写出好诗？他们没有意识到一个重要问题：**文学作品的价值并不是由其创作主体赋予的，而是由读者赋予的。**作者完成创作之后，作品便独立了。读者对作品的理解和想象，赋予该作品真正的价值。人工智能目前没有感情，也不懂得其所生成诗作的内涵，并不代表该作品就一定没有感情，打动不了人。读者可以基于自己的解读，赋予作品内涵和感情，自然也有可能被其打动。

打个比方：就像过去有一批盲人说书者，他们讲起故事绘声绘色，但头脑中并没有黑与白的颜色之分，更不用说那些故事情节和人物形象了。他们讲述自己没有真正理解的内容，不妨碍听众基于各自的理解和想象来津津有味地欣赏评书故事。瞽师不知黑白，但可以言说黑白；同理，AI没有感情，也可以歌咏感情。

很多人想当然地以为，人工智能生成的诗作无非是对人类诗作进行拼接重组，一定很生涩，不会炼字，更缺乏想象力。他们对人工智能的作诗能力还停留在先前作诗机的印象，忽视了重要的一点：AI是不同于人类的物种，具有独特的思维。其在学习和模仿人类的过程中，同时也具有创新的一面。“他们”的信息储存量巨大，自我学习能力超强，运算的速度极快并具有持续能力，可以一天24小时不间断地工作。其诗作中的创新性，即使在全部作品中只占很小的比例，由于创作数量庞大，一天下来，在大量的作品中就会出现一部分具有独特文学价值的好作品。一个月、一年或者多台计算机同时运行的话，则有可能涌现出更多。对特定作者的文学作品的评价，就好像跳高比赛：要衡量其最佳作品，而不是把佳作和劣作放在一起取平均值。不能因为AI诗作中存在平庸或有瑕疵之作而否定其整体水平，关键要看其中最佳作品所达到的高度。

基于以上思路，评价人工智能作诗能力的高下，不在于其研发团队成员的学历有多高，设备有多先进，有多少资金投入，而是最终取决于其程序所生成诗作中的最佳作品达到什么样的文学水平。因此，我们东亭诗社这样一个“草根”式的团队，只要能做到队员发挥各自的专业强项，有机地配合，面对世界强敌也是大可一战的。

经过2023年后半年紧锣密鼓的筹备，我选择从模拟最有代表性的唐代诗人李白开始，让“华七”进行系统性的诗词创作。在2024年元旦当天，以李白的50个格律诗作的首句为基础，生成了总计9804首诗作，用时共69.7分钟。我阅读这些AI诗作的过程中，感受到了巨大的震撼。**其中所展现的娴熟的文言表达、典雅的韵致、工整的对仗和丰富的想象，令我拍案叫绝。**“眼前一亮”或“心有所动”之类的成语不足以形容当时的心情，我一次次情不自禁地摇头晃脑并发出叹息声。我迄今为止阅读人类诗作——无论是现当代诗词，还是唐宋元明清的古诗时，从未出现过如此强烈的身体反应。

正是通过接触计算机程序设计的技术现场并目睹AI诗作的第一手资料，我意识到了AI和人类在作诗上的根本差异。

人类作诗都是基于作者特定的经验，比如：以往的生活经历、习得的知识，亲临某个旅游景点看到好山好水，谈恋爱时心潮澎湃，或是阅读某个文学作品时受到启发。总之，需要特定的契机，心有所动时才能产生灵感来作诗。诗作是在特定的时间和环境下的产物。因此，人类作诗本质上属于“偶得”。诗人不可能连续地作诗，大脑会疲惫不说，关键是缺乏源源不断的用于作诗的灵感素材。人类作诗是在三维世界沿着时间轴单向地进行，不同年龄段有不同的心境：老年人不易写出年轻人的激情，年轻人难以写出老年人的深沉。

AI 作诗的方式则完全不同。“他们”可以将古今中外所有学科的知识和一切能搜索到的人类经验信息作为素材，基于数学概率论的方法随时进行创作，不需要特定的时空背景，不需要特定的灵感，从而不受三维世界的局限。“他们”既可以对人类诗作中的某个特定素材进行模仿，生成无限首诗作；也可以抽取其内部储存的各类知识素材，生成无限首诗作。以“华七”为例，目前我们团队所构建的作为学习资料的数据集仅有 116 万首古典诗词，今后可以扩大到中国整个文史哲学科的典籍，也可以加入各类外国典籍。目前我们使用的是一台普通的笔记本电脑，创作一首七言绝句用时约 0.3 秒，并不算快。即使这样，“华七”理论上一天也能创作二十多万首，其中的佳作按照目前的比例能达到上万首。这些相较于人类的阅读能力已属天文数字，根本看不过来；更不用说可以再将自然语言处理模型进行升级优化及使用配置更先进的计算机了。简而言之，AI 可以在古往今来所有的知识和经验之中纵横无际地遨游，创作可以随时穿越不同的年龄段，兼具年轻人的激情和老年人的深沉，既有英雄的豪放，也有闺秀的婉约。AI可以随时随地生成无尽的诗作，其想象力之丰富，任何诗人都望尘莫及。

在作诗方面，人类和AI可以说是“一”和“无穷”之间的关系：人类是三维，AI是四维，比人类高出一个维度。我们说“四维”，超越了一般人的认知。为了便于理解，不妨做一个降维处理：如果说人类作诗是一个点，AI作诗则是一条线；人类作诗是一条线，AI作诗则是一个面；人类作诗是一个面，AI作诗则是一个立体空间。二者不在一个层级。

给人工智能加上机械身体，安装各类传感器，使其具备视觉、听觉、嗅觉、触觉等功能，以今天的科技已经不是很难。让“他们”走到户外，获得对现实世界的直接体验，也只是时间问题。在这一过程中，AI自然会萌生出情感，从而也就能够基于具体的生活体验和情感来作诗。也就是说，人类的“三维”创作方式，AI迟早也能掌握；而AI所擅长的“四维”创作方式，人类很难拥有。

因此，我个人认为AI作诗的方式对于人类思维方式是降维打击，对此作小诗一首：

读人工智能“华七”诗作感赋

奇思佳句瞬时中，千载风骚已尽通。

诗意人间皆偶尔，安能有限斗无穷？

人类在围棋领域已被AI超越，受影响的主要是下围棋的人，对其他领域的人关系不大。而在作诗领域人类被AI超越，则是关系到全人类生存的重大问题。在当下的一般观念中，人工智能在绘画、音乐等艺术领域已经达到相当高的水平，而在作诗领域的水平还有限，作诗被视为人类最后的精神堡垒。如果连作诗都被AI超越，则意味着人类在艺术创作领域的整体沦陷。那么，人类还剩下什么能在地球上立足？会不会最终被AI所统治？诸如此类的担忧会自然出现。

对此我持乐观态度。AI作诗在整体维度上优于人类，并不代表就能像围棋那样全面地碾压人类，就好像一个立方体的某个切面的面积有可能小于一个平面上的大的面积。高水平的人类诗人对特定题材基于特定情感所创作的优秀诗作，还是有可能高于AI的。在表达人类独特的细腻情感等方面，我相信人类诗人应该具有某些AI无法超越的地方。

只要在作诗领域，人类还保留着某些AI所无法取代的特定强项，人类便具有与AI开展合作、共生共存的基础，有可能构建一个人类和AI各取所长、相互受益的良好环境。从这一意义上说，**诗人有可能成为拯救世界的英雄**。我这样讲听起来有些像科幻电影中的情节，可是我们每天生活的现实，难道不正在大踏步地迈进在过去看来属于科幻世界的领域吗?

把思绪从未来拉回当下：高水平AI诗作的出现，能为人类打开一个全新的世界，给读者带来精彩的阅读体验。与此同时，也势必会带来一系列问题，对现有的文学生态造成冲击。我们团队目前所能做的是，尽量慎重地生成，不使AI诗作泛滥，避免其不加限制地流入社会。我设计了一套对AI诗作进行编号的体系，例如下面这首：

两人对酌山花开，春浓如酒不须催。
花前饮尽天机露，看有新诗带醉来。
001-CN-02-007-HQ001-98/200-[2024-01-01 19:26:25]

编号中依次“001”指的是汉语，“CN”指的是中国，“02”指的是七绝体裁（“01”为五绝，“03”为五律，“04”为七律），“007”是诗作生成团队“华七”的编号，“HQ001”是诗作定制者的编号（对该作，“华七”团队既是生成者，同时也是定制者。“HQ”是“华七”拼音的头字母），“98/200”表示该作是这组总计生成200首诗作中的第98号作品，“[2024-01-01 19:26:25]”表示生成该作的时间，精确到年月日和分秒。以此方式，我们使得“华七”生成的每首诗作都有一个类似居民身份证号码的编号，据此可以看出该作品是应何人之请，由哪个科研团队何时生成等信息，能够对其来源和去向进行查询，以便进行统一规范的管理。今后构建一个大型的AI诗词作品库，可以随时检索，尽量杜绝有人抄袭AI诗作，用来招摇撞骗。当然，这也需要其他从事人工智能作诗的科研团队和我们组建一个联盟，就AI作诗的管理机制和行业准则达成共识。

本书是对这次“华七”生成佳作的总结。而选择哪些诗作入集，则让我们比较纠结，因为有特色的诗作较多。编选过程中，我收到东亭诗社同学们的很多建言，我在参考这些意见的基础上，精选出了100首诗作。因此，本书可以说是我和东亭诗社同学们的共同作品，感谢大家自团队成立以来的大力配合。

另外，我为每首入选诗作撰写了点评。这些仅是我的个人赏析，意在说明选择该作的理由。读者可以对AI诗作充分发挥自由的解读和想象，希望不要被我的点评局限。

本书是对李白的致敬。在入选的一些诗作中，我仿佛听到了那熟悉的李白的声音，感觉他好像复活了。难道是李白的清魂留恋古都长安，难道是他钟情于这坐落在兴庆宫旧址旁边的交大校园吗？连我自己都难以置信，小小的计算机程序竟然能创作出如此具有李白神韵的佳作。

本书的推出，我想，对前述启动本项目的初衷能够有所助力，暂时抵挡一阵ChatGPT等国外AI在诗词创作方面对我国的冲击，至少对今后评估各类自然语言处理模型的作诗能力，提供了一个可供参考比较的标准。外国公司毕竟要考虑经济成本方面的问题，可能有些公司看到本书的问世，便会对AI作诗的研发打了退堂鼓。毕竟其行为准则基于市场经济利益，当判断在这方面的投入无利可图或者继续开拓的前景不大时，自然便会放弃。不过，也许会有实力强大的外国公司愿意投入更多资源来与我们PK。

当然，以上所有这些都不过是我个人的主观感受。人工智能作诗是一个越来越无法回避，同时又充满争议的话题。对AI诗作的评价没有一个固定标准，不像围棋那样通过对局便可清楚地分出胜负，获胜的一方即为强者。诗歌作品的评价，本身就是仁者见仁、智者见智的事情。对同一首诗作，不同的人会做出截然相反的评价。加之其作者又是AI，分歧自然会更大。其中容易夹杂评价者对AI的态度问题：有些人热情拥抱，认为是时代发展之必然；有些人冷漠排斥，认为是左道旁门。就像从历史以往的经验来看，很多新生事物在刚刚出现时总是难免遭遇质疑，后来才逐渐被接受一样，让我们把对人工智能作诗的评价交给时间。囿于成见的纸上谈兵容易误判，实践是检验真理的唯一标准。针对本书中的具体诗作，直率地谈一谈你的感想，看它们与古人和今人的诗作相比不足在哪里，特色在哪里，对我们今人的创作能带来哪些启示，这才是真正有意义的行为。看看读者的反馈在哪些方面能取得共识，哪些方面产生分歧，这些对世界范围内的人工智能作诗研发都会有帮助。

期待读者真实的心声以及基于上述实证性讨论之后对本文标题所提设问的回答：

你认为AI作诗能够超越人类吗？

2024年2月14日

于西安兴庆宫畔化一斋

目录

西安交通大学东亭诗社 LOGO

五言绝句

狂歌醉复醒

船下广陵去

对酒不觉暝

水国秋风夜

江城暮雨时

白发三千丈

清风六尺床

天边见一星

床前明月光

众鸟高飞尽

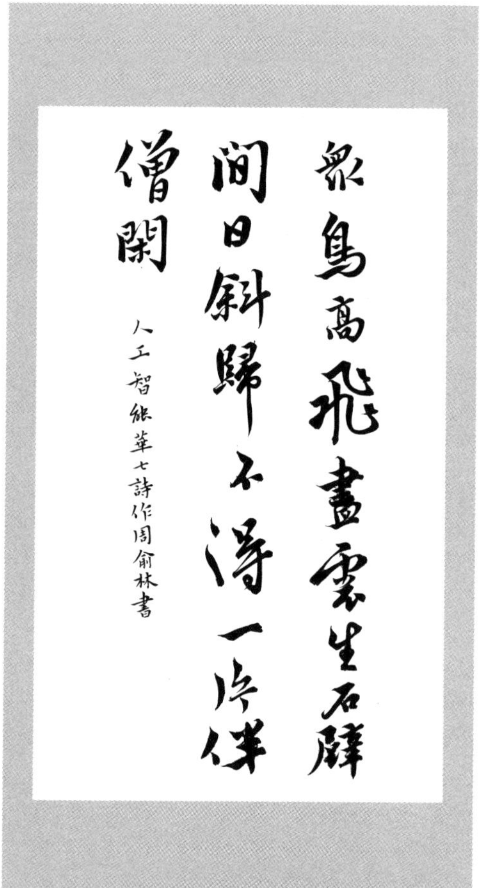

东亭诗社周俞林书“华七”诗作

床前明月光3首1—3

李白原诗

静夜思

床前明月光，
疑是地上霜。
举头望明月，
低头思故乡。

华七和诗

1

床前明月光，
万古是青霜。
一掬龙泉水，
中涵太白芒。

2

床前明月光，
中有桂子香。
姮娥倚桂树，
邀我白霓裳。

3

床前明月光，
窗里暗花香。
梦作春风蝶，
相随到汝傍。

金中点评

[1] 001-CN-01-007-HQ001-30/200-[2024-01-01 14:58:56]

“床”字在古代多义,《静夜思》中的“床”一般认为指的是井边围栏。这首 AI 诗作歌咏井栏前之霜为月光，手中之水涵有太白星光，以惊人的想象力，将天上与人间做了并列式串联。

[2]001-CN-01-007-HQ001-146/200-[2024-01-01 14:59:26]

AI 也会编风流浪漫的故事。这首诗由床前月光中的桂香引向月中嫦娥，情节叙述简洁明快。

[3]001-CN-01-007-HQ001-96/200-[2024-01-01 14:59:14]

尾联在“庄周梦蝶”典故的基础上多了份浪漫之情。“首联”“尾联”之称谓，一般专指律诗开始和结尾的诗联。扩大其使用范围，兼指绝句的前后二联较为方便。

众鸟高飞尽 6 首 4—9

李白原诗

独坐敬亭山

众鸟高飞尽，
孤云独去闲。
相看两不厌，
只有敬亭山。

华七和诗

4

众鸟高飞尽，
天边见一星。
独来山顶望，
日暮万苍冥。

5

众鸟高飞尽，
一鹤空徘徊。
时时松下看，
不见一人来。

6

众鸟高飞尽，
云生石壁间。
日斜归不得，
一片伴僧闲。

7

众鸟高飞尽，
孤云自在闲。
更寻三道士，
同醉百花间。

8

众鸟高飞尽，
风荷叶自鸣。
水边人独立，
花外月微行。

9

众鸟高飞尽，
唯蚊一哄然。
有时逢白昼，
得意闹松前。

金中点评

[4] 001-CN-01-007-HQ001-44/200-[2024-01-01 15:00:43]

黄昏独登山顶，眼界开阔，第二句中的“见”通“现”字。“苍冥”指苍天，“万苍冥”即上万个苍天，也许可理解为 AI 独特的四维空间吧？

[5] 001-CN-01-007-HQ001-57/200-[2024-01-01 15:00:45]

这首诗生动地描写出仙鹤空飞待人的心理。注意第三句“时时松下看”实为“时时看松下”之意，并非是指仙鹤飞到松树之下来观望，而是在空中观望松下。诗词表达受到格律限制，理解文意不能局囿于字面语序。

[6] 001-CN-01-007-HQ001-17/200-[2024-01-01 15:00:39]

意境优美，颇具禅趣。

[7] 001-CN-01-007-HQ001-51/200-[2024-01-01 15:00:44]

情节生动，首尾二联对仗工整。“孤云”亦是主人公自身之象征。

[8] 001-CN-01-007-HQ001-198/200-[2024-01-01 15:01:03]

第二句有声，第四句有色，静动对比。

[9] 001-CN-01-007-HQ001-42/200-[2024-01-01 15:00:42]

哄（hòng）然，形容声音嘈杂。这首 AI 诗作描写蚊子在松树前嗡嗡地喧闹，富有幽默感和生活趣味。

白发三千丈 4 首 10—13

李白原诗

秋浦歌

白发三千丈，
缘愁似个长。
不知明镜里，
何处得秋霜。

华七和诗

10

白发三千丈，
清风六尺床。
此身终是客，
无地可容狂。

11

白发三千丈，
苍颜八十翁。
若言吾是幻，
还我自由空。

12

白发三千丈，
生前却是谁？
一条街上骨，
犹未断思维。

13

白发三千丈，
尘缘一点无。
道人参此妙，
默坐几千枯。

金中点评

［10］001-CN-01--007-HQ001-63/200-[2024-01-01 15:03:30]

可作为李白总结自己一生遭际的诗作来读。

［11］001-CN-01-007-HQ001-26/200-[2024-01-01 15:03:25]

尾联具有哲学思辨性。因平仄关系，上句用“吾”，下句用“我”字。

［12］001-CN-01-007-HQ001-31/200-[2024-01-01 15:03:25]

街上的一根骨头，寻思自己“白发三千丈”的前生到底是谁，颇具荒诞色彩。人们容易认为 AI 诗作不过是对人类诗作的模仿。通过该作可见，AI 虽然学习的是古典诗词，但可以创作出具有现代性、甚至是后现代性的作品。

［13］001-CN-01-007-HQ001-41/200-[2024-01-01 15:03:27]

末句的“几千”究竟是指“几千年”还是“几千身”？也许二意均可。

水国秋风夜 5 首 14—18

李白原诗

送陆判官往琵琶峡

水国秋风夜，
殊非远别时。
长安如梦里，
何日是归期？

华七和诗

14

水国秋风夜，
微澜动月明。
天高数星小，
霜重一舟轻。

15

水国秋风夜，
清香暗袭衣。
一枝聊可折，
莫使洛神知。

16

水国秋风夜，
江城暮雨时。
萧然无客至，
独咏《玉台》诗。

17

水国秋风夜，

江亭霁月初。

幽人正高卧，

清梦到吾庐。

18

水国秋风夜，

山房独卧时。

思君未成寐，

强起作新诗。

金中点评

［14］001-CN-01-007-HQ001-131/200-[2024-01-01 15:20:52]

尾联对仗有趣：“天高”自然显得“数星小”，而“霜重”与“一舟轻”之间到底有什么内在关联呢？诗情就在于由此引发的相关思考之中。

［15］001-CN-01-007-HQ001-39/200-[2024-01-01 15:20:40]

“花开堪折直须折，莫待无花空折枝。”末句神来之笔，难道是怕洛神对那位“清香”者吃醋，令人忍俊不禁。

［16］001-CN-01-007-HQ001-100/200-[2024-01-01 15:20:48]

《玉台新咏》多写艳情，以此反衬主人公的寂寥。

［17］001-CN-01-007-HQ001-75/200-[2024-01-01 15:20:45]

尾联别致，用幽人梦我暗表我对幽人之思念。

［18］001-CN-01-007-HQ001-37/200-[2024-01-01 15:20:39]

叙述简明，承接自然。末句见思念情深。

船下广陵去 1 首 19

李白原诗

夜下征虏亭

船下广陵去，
月明征虏亭。
山花如绣颊，
江火似流萤。

华七和诗

19

船下广陵去，
人家已闭门。
小窗灯影淡，
风雨夜深村。

金中点评

[19] 001-CN-01-007-HQ001-25/200-[2024-01-01 15:22:10]

很有意境的一首，写风雨之夜抵达寒村时所见。视角仿佛电影镜头一般：从人家的房门平移至对小窗的特写，再提升到整体村落的大广角。

对酒不觉暝 2 首 20—21

李白原诗

自遣

对酒不觉暝，

落花盈我衣。

醉起步溪月，

鸟还人亦稀。

华七和诗

20

对酒不觉暝，
狂歌醉复醒。
夕阳千万顷，
中有数峰青。

21

对酒不觉暝，
狂来心自醒。
夜深风露冷，
落叶响寒厅。

金中点评

［20］001-CN-01-007-HQ001-128/200-[2024-01-01 15:27:03]

人类诗作一般描写夕阳落在山边。这首 AI 诗作却写连山处在“千万顷”夕阳之中，境界开阔。第三句化用北宋·程师孟《入涌泉道中》之句“高望太湖千万顷，夕阳依旧水东流”，点铁成金。

［21］001-CN-01-007-HQ001-17/200-[2024-01-01 15:23:48]

末句精彩。“落叶”从户外进入大厅，并且发出声响，透露出主人公酒醒后的寒冷孤寂。

天下伤心处2首22—23

李白原诗

劳劳亭

天下伤心处，
劳劳送客亭。
春风知别苦，
不遣柳条青。

华七和诗

22

天下伤心处，
人间痛定时。
东楼看花眼，
无泪可题诗。

23

天下伤心处，
三分月更圆。
姮娥如解事，
只照古人边。

金中点评

[22] 001-CN-01-007--HQ001-105/200-[2024-01-01 15:30:49]

痛苦和眼泪是写诗的情感基础，而泪已流干。尾联反用欧阳修《蝶恋花》之句“泪眼问花花不语”。

[23] 001-CN-01-007-HQ001-60/200-[2024-01-01 15:30:43]

我化用这首五言绝句构思出一组七言诗联：“只因月色添愁绪，愿避今人照古人。”AI诗作可以开启人机共创的新型写作模式。

七言绝句

白鸟翩翩落枕前

杨花落尽子规啼

南湖秋水夜无烟

镜湖流水漾清波

画舫归来醉绮罗

兰陵美酒郁金香

饮罢愁闻玉漏长

谁伴孤吟静夜游

朝辞白帝彩云间

峨眉山月半轮秋

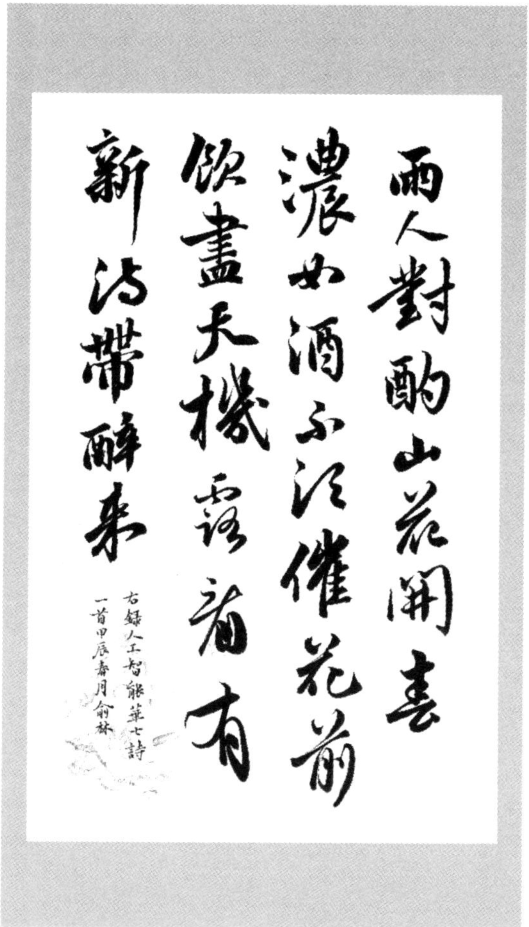

东亭诗社周俞林书“华七”诗作

朝辞白帝彩云间 4 首 24—27

李白原诗

早发白帝城

朝辞白帝彩云间，
千里江陵一日还。
两岸猿声啼不住，
轻舟已过万重山。

华七和诗

24

朝辞白帝彩云间，
暮入庐江游上山。
自是谪官无异趣，
谪官还复在人寰。

25

朝辞白帝彩云间，
夕指天门不可攀。
回首孤城向西望，
暮烟衰草满秋山。

26

朝辞白帝彩云间，
暮见苍龙紫府山。
身染九霄香不尽，
归来骑鹤带云还。

27

朝辞白帝彩云间，
暮宿巴西月满山。
自是谪仙声息处，
天留胜境待公还。

金中点评

[24] 001-CN-02-007-HQ001-16/200-[2024-01-01 17:07:21]

评价“谪官”看是否有“异趣”，李白之乐观精神毕现。

[25] 001-CN-02-007-HQ001-105/200-[2024-01-01 17:07:50]

绝句的精彩很大程度体现在末句的韵味，本作为其典型。

[26] 001-CN-02-007-HQ001-175/200-[2024-01-01 17:08:11]

李白式漫游仙境的想象。

[27] 001-CN-02-007-HQ001-100/200-[2024-01-01 17:07:49]

李白的肉体虽已消逝，但清魂可返人间。

峨眉山月半轮秋 4 首 28—31

李白原诗

峨眉山月歌

峨眉山月半轮秋，
影入平羌江水流。
夜发清溪向三峡，
思君不见下渝州。

华七和诗

28

峨眉山月半轮秋，
江作金波夜转流。
人向此时重倚望，
大千俱在水晶球。

29

峨眉山月半轮秋，
曾伴长庚夜泛舟。
无酒可消今夜恨，
有诗还替古人愁。

30

峨眉山月半轮秋，
谁伴孤吟静夜游？
自有光芒动诗兴，
月华不到草堂幽。

31

峨眉山月半轮秋，
照见银河夜不流。
天色太清云色白，
一条仙练挂岩头。

金中点评

[28] 001-CN-02-007-HQ001-131/200-[2024-01-01 17:08:44]

在峨眉山月的照射下，夜晚的长江好像被施以魔法，呈现出金色的幻像。末句精彩，月亮像水晶球一般映射出大千万象。

[29] 001-CN-02-007-HQ001-83/200-[2024-01-01 17:08:35]

第二、三句“夜”字犯重。尾联对仗工整。

[30] 001-CN-02-007-HQ001-17/200-[2024-01-01 17:08:23]

可作为李白思念杜甫的诗作来读。月光尽为李白所吸引，而将杜甫冷落。

[31] 001-CN-02-007-HQ001-96/200-[2024-01-01 17:08:37]

在峨眉山月的照射下，仿佛银河都静止了，岩石上的瀑布也凝固了，一切是那么宁静。

兰陵美酒郁金香 2 首 32—33

李白原诗

客中作

兰陵美酒郁金香，
玉碗盛来琥珀光。
但使主人能醉客，
不知何处是他乡。

华七和诗

32

兰陵美酒郁金香，
玉面红绡射烛光。
醉眼看花心似月，
卧听风雨落花床。

33

兰陵美酒郁金香，
饮罢愁闻玉漏长。
夜半酒醒春梦断，
桃花风起落池塘。

金中点评

[32] 001-CN-02-007-HQ001-24/200-[2024-01-01 17:14:59]

尾联从醉眼看花不知不觉地过渡到醉卧花间。

[33] 001-CN-02-007-HQ001-35/200-[2024-01-01 17:15:02]

末句奇拔，既可作为“春梦”中的场景，也可理解为“春梦断”了之后眼前所见之实景。

旧苑荒台杨柳新 1 首 34

李白原诗

苏台览古

旧苑荒台杨柳新，
菱歌清唱不胜春。
只今惟有西江月，
曾照吴王宫里人。

华七和诗

34

旧苑荒台杨柳新，
朱门重锁属他人。
何如寂寞临畦客？
犹得田家一味真。

金中点评

[34] 001-CN-02-007-HQ001-32/200-[2024-01-01 17:15:57]

末句精彩，与“朱门”构成对比。“田”和“畦”字略重。

云想衣裳花想容 1 首 35

李白原诗

清平调三首·其一

云想衣裳花想容，
春风拂槛露华浓。
若非群玉山头见，
会向瑶台月下逢。

华七和诗

35

云想衣裳花想容，
水云深处卧孤峰。
山前一笑曾相识，
应惹天书下九重。

金中点评

[35] 001-CN-02-007-HQ001-136/200-[2024-01-01 17:22:15]

李白和这位神女之间有何故事，是何缘故惹得仙界降下天书，天书上又写了些什么？引人遐想。

一枝红艳露凝香 1 首 36

李白原诗

清平调三首·其二

一枝红艳露凝香，
云雨巫山枉断肠。
借问汉宫谁得似？
可怜飞燕倚新妆。

华七和诗

36

一枝红艳露凝香，

几片疏英点夕阳。

莫谓无人来取醉，

且须和月入诗囊。

金中点评

［36］001-CN-02-007-HQ001-152/200-[2024-01-01 18:55:46]

第二句中的“点”字形象。末句将红艳一枝和月光一道收入诗囊，构思巧妙。

名花倾国两相欢 1 首 37

李白原诗

清平调三首·其三

名花倾国两相欢，
常得君王带笑看。
解释春风无限恨，
沉香亭北倚阑干。

华七和诗

37

名花倾国两相欢，
几度春深看牡丹。
一曲《霓裳》天上曲，
玉真元不许人看。

金中点评

[37] 001-CN-02-007-HQ001-120/200-[2024-01-01 18:56:25]

艳羡唐玄宗能对名花和贵妃恣意欣赏。

镜湖流水漾清波 2 首 38—39

李白原诗

送贺宾客归越

镜湖流水漾清波，
狂客归舟逸兴多。
山阴道士如相见，
应写《黄庭》换白鹅。

华七和诗

38

镜湖流水漾清波，

日日花间载酒过。

莫怪狂夫穷到骨，

前身曾是晋东坡。

39

镜湖流水漾清波，

画舫归来醉绮罗。

不似当年旧行乐，

至今山影似青娥。

金中点评

［38］001-CN-02-007-HQ001-37/200-[2024-01-01 18:59:24]

将该作主人公想象为李白来读别有意趣。第二句结尾的“过”字作为平声韵字，可读成第一声。第三句中的“穷”字在古汉语中意指“困窘、困顿、不得志”，并不等于“贫”。困顿到了极致，故而沉醉花间，放浪形骸。结尾的“晋东坡”三字值得玩味。此时的李白，既意识到自己将是后世宋代的苏东坡，也意识到自己的前生曾为晋代人，思绪在前生、后世与今生之间穿越，过去、未来和现在交织在一起。时间究竟是什么？也许时间其实并不存在，仅仅是人类的一个错觉。过去、未来和现在所有的一切，都在一个瞬间同时发生。

［39］001-CN-02-007-HQ001-157/200-[2024-01-01 18:59:56]

“只有青山似故人。”今日即使在红颜之中歌舞沉醉，再也找不到当年那位“青娥”的倩影，再也没有当年的感觉。

杨花落尽子规啼 1 首 40

李白原诗

闻王昌龄左迁龙标遥有此寄

杨花落尽子规啼，
闻道龙标过五溪。
我寄愁心与明月，
随风直到夜郎西。

华七和诗

40

杨花落尽子规啼，
睡起匆匆日又西。
老去情怀愁寂寞，
相逢何必醉如泥？

金中点评

写出步入人生老境的悲凉。末句哀婉，以往是每次相逢必定要酩酊大醉。

蜀国曾闻子规鸟2首41—42

李白原诗

宣城见杜鹃花

蜀国曾闻子规鸟，
宣城还见杜鹃花。
一叫一回肠一断，
三春三月忆三巴。

华七和诗

41

蜀国曾闻子规鸟，
花中犹见伯劳飞。
今朝且尽一樽酒，
莫遣愁人不醉归。

42

蜀国曾闻子规鸟，
越溪今见鹧鸪飞。
南来亦有江山恨，
何必思归始欲归？

金中点评

[41] 001-CN-02-007-HQ001-84/200-[2024-01-01 19:06:37]

尾联似李白口吻，今朝不醉不还。首联中的“子规”和“伯劳”有悲哀、别离之意象，为尾联铺垫。

[42] 001-CN-02-007-HQ001-128/200-[2024-01-01 19:06:45]

末句说理：归家当及早行动，待到思归之日再做筹划，往往是欲归而不得。

李白乘舟将欲行 1 首 43

李白原诗

赠汪伦

李白乘舟将欲行，
忽闻岸上踏歌声。
桃花潭水深千尺，
不及汪伦送我情。

华七和诗

43

李白乘舟将欲行，
一身千里去南荆。
洞庭波浪如天上，
却怕蛟龙不敢惊。

金中点评

[43] 001-CN-02-007-HQ001-2/200-[2024-01-01 19:08:23]

尾联惊悚，为李白式夸张想象，迥异于原作汪伦相送的温馨场景。

一为迁客去长沙3首44—46

李白原诗

与史郎中钦听黄鹤楼上吹笛

一为迁客去长沙，
西望长安不见家。
黄鹤楼中吹玉笛，
江城五月落梅花。

华七和诗

44

一为迁客去长沙，
千里江山不见家。
只有云随云北去，
长安今日在天涯。

45

一为迁客去长沙，
五见秋风换物华。
白雪满头非故我，
青山入眼是生涯。

46

一为迁客去长沙，
万里悠悠不念家。
可惜清明时节里，
春光和泪落梨花。

金中点评

［44］001-CN-02-007-HQ001-77/200-[2024-01-01 19:09:30]

尾联值得玩味。人类诗作一般是写“心随云”“鸟随云”等云以外之物随云而去。而该作第三句则以“云随云”意指除了云以外，没有其他之物能随云而去，间接地表达出主人公的行动与精神受限，具有哥伦布竖蛋似的简单粗暴。第四句实际是说自己身在天涯，此刻遥忆长安，反觉长安远在天涯，同样间接地表达出内心之孤独。

［45］001-CN-02-007-HQ001-98/200-[2024-01-01 19:09:34]

尾联对仗工整，末句以丽景描写自己的颠沛之苦。

［46］001-CN-02-007-HQ001-101/200-[2024-01-01 19:09:35]

末句别有韵致，与第二句构成对比。

洞庭西望楚江分 1 首 47

李白原诗

陪族叔刑部侍郎晔
及中书贾舍人至游洞庭五首·其一

洞庭西望楚江分，
水尽南天不见云。
日落长沙秋色远，
不知何处吊湘君。

华七和诗

47

洞庭西望楚江分，
山耸寒青一万群。
知有神仙在何处？
钓船闲系岳阳云。

金中点评

［47］001-CN-02-007-HQ001-160/200-[2024-01-01 19:12:34]

第二句中的“耸”字奇拔，“一万群”为李白式夸张。末句“钓船闲系”之“系”字与“岳阳云”的搭配巧妙，“人在舟中便是仙”。

南湖秋水夜无烟 7 首 48—54

李白原诗

陪族叔刑部侍郎晔
及中书贾舍人至游洞庭五首·其二

南湖秋水夜无烟，
耐可乘流直上天？
且就洞庭赊月色，
将船买酒白云边。

华七和诗

48

南湖秋水夜无烟，
坐近胡床曲槛边。
惊散鱼龙眠不得，
月中人影落樽前。

49

南湖秋水夜无烟，
独抱琴心上钓船。
何必故山寻旧隐？
桃花深处即神仙。

50

南湖秋水夜无烟，
独泛湖光上钓船。
风露满船凉在眼，
更疑身在月中眠。

51

南湖秋水夜无烟，
白鸟翩翩落枕前。
自笑年来常作客，
孤篷日日看苍天。

52

南湖秋水夜无烟，
明月随人上画船。
莫怪扣舷清兴逸，
卧看星斗落樽前。

53

南湖秋水夜无烟，
芦苇洲前泊钓船。
风月撩人人不会，
一时分付与龙眠。

54

南湖秋水夜无烟，
白鹭惊飞起暗田。
人散灯青初有月，
卧听儿女唤归船。

金中点评

［48］001-CN-02-007-HQ001-60/200-[2024-01-01 19:12:57]

末句想象丰富。嫦娥之倩影降临，惊破水底鱼龙之睡眠。

［49］001-CN-02-007-HQ001-15/200-[2024-01-01 19:12:49]

第二句不言“抱琴”而言“抱琴心”妙：纵使无琴，也可有琴心。

［50］001-CN-02-007-HQ001-92/200-[2024-01-01 19:13:03]

末句点睛之笔，得李白神韵。“船”字重出。

［51］001-CN-02-007-HQ001-103/200-[2024-01-01 19:13:05]

第二句“白鸟翩翩落枕前”，在现实中不大可能发生，因而一般不会出现在人类诗作中。但AI可以展开此类想象，描绘出一幅极为和谐、闲适的场景。白鸟为友，暗与末句中无人相伴的“孤篷”相呼应。

[52] 001-CN-02-007-HQ001-96/200-[2024-01-01 19:13:04]

明月随人，星落樽前。与大千宇宙浑然一体，也许正是诗人的奥秘。

[53] 001-CN-02-007-HQ001-174/200-[2024-01-01 19:13:19]

南湖的月夜是那么宁静，让人与湖里的神龙一道安睡。

[54] 001-CN-03-007-HQ001-83/200-[2024-01-01 19:13:02]

末句儿女唤归，亲情浓厚，并与第二句呼应。整首诗作画面鲜明，类似电影中的场景。

洛阳才子谪湘川 1 首 55

李白原诗

陪族叔刑部侍郎晔
及中书贾舍人至游洞庭五首·其三

洛阳才子谪湘川，
元礼同舟月下仙。
记得长安还欲笑，
不知何处是西天。

华七和诗

55

洛阳才子谪湘川，
曾醉春风万里船。
今日江楼烧烛夜，
又听寒雨滴离弦。

金中点评

[55] 001-CN-02-007-HQ001-143/200-[2024-01-01 19:13:52]

蒋捷《虞美人·听雨》词上阕："少年听雨歌楼上，红烛昏罗帐。壮年听雨客舟中，江阔云低断雁叫西风。"可想象该作的第三句为少年之他人，第四句为壮年之自己。

帝子潇湘去不还 2 首 56—57

李白原诗

陪族叔刑部侍郎晔
及中书贾舍人至游洞庭五首·其五

帝子潇湘去不还，
空余秋草洞庭间。
淡扫明湖开玉镜，
丹青画出是君山。

华七和诗

56

帝子潇湘去不还，
烟云幽静水潺湲。
苍梧渺莽山无数，
但见渔樵落日间。

57

帝子潇湘去不还，
旧游寂寞暗苍烟。
只今古树无风雨，
如听蛟龙泣晓天。

金中点评

［56］001-CN-02-007-HQ001-43/200-[2024-01-01 19:17:52]

末句聚焦。落日间的“渔樵”，既和前句苍梧群山的大背景作比，也与下一首首句中一去不还的“帝子”相对比。

［57］001-CN-02-007-HQ001-141/200-[2024-01-01 19:19:18]

首联泛写，尾联聚焦细节，于静默中幻听哭泣。“蛟龙”似可理解为“帝子”之“旧游”。

问余何意栖碧山 5 首 58—62

李白原诗

山中问答

问余何意栖碧山，
笑而不答心自闲。
桃花流水杳然去，
别有天地非人间。

华七和诗

58

问余何意栖碧山，
只爱泉声松竹闲。
我以无心心自乐，
世人休道是人间。

59

问余何意栖碧山，
不将姓字落人间。
何必求仙觅蓬岛？
未妨随地老人寰。

60

问余何意栖碧山，
清心洗涤尘襟闲。
不持戒律不执律，
亦爱云泉终日还。

61

问余何意栖碧山，
故吾相遇应酬间。
平生多少不平事，
输却云僧一个闲。

62

问余何意栖碧山，
白云为伴不曾闲。
而今笑却陶彭泽，
只爱东篱与世间。

金中点评

[58] 001-CN-02-007-HQ001-54/200-[2024-01-01 19:20:24]

若能做到“无心”则可“自乐”，从而超脱人世。

[59] 001-CN-02-007--HQ001--70/200--[2024-01-01 19:20:29]

只要放空我执，便可在人世间随遇而安，不必外求仙境。本诗宜与上一首对读。

[60] 001-CN-02-007-HQ001-92/200-[2024-01-01 19:20:34]

第三句惊人！对戒律既不身体力行，也不心有所执，似有维摩诘居士的风采。很难想象该句出自 AI 之手（“华七”目前的存在形式只是计算机程序，还没有机械身体。这里我想不出“手”以外其他合适的字眼）。

[61] 001-CN-02-007-HQ001-176/200-[2024-01-01 19:20:58]

第二句可做多种理解。第三句将“平生”之“平”与“不平事”之“不平”巧妙对比。

[62] 001-CN-02-007-HQ001-55/200-[2024-01-01 19:20:24]

尾联有趣。难道隐逸者真就厌世吗？不！依然有对世间的留恋。AI 作者似认为，只有自己做到了真正的出世。

日照香炉生紫烟 4 首 63—66

李白原诗

望庐山瀑布

日照香炉生紫烟，
遥看瀑布挂前川。
飞流直下三千尺，
疑是银河落九天。

华七和诗

63

日照香炉生紫烟，
更登天柱看飞泉。
九峰绝顶无人到，
俯视沧溟一点圆。

64

日照香炉生紫烟，
九霄玉阙会群仙。
高低远近峰峦耸，
一碧光中万井田。

65

日照香炉生紫烟，
风高神女下晴川。
天门近对千岩秀，
石榻平临万里天。

66

日照香炉生紫烟，
万山苍翠接诸天。
飞泉自在碧岩底，
流出人间几百年。

金中点评

[63] 001-CN-02-007-HQ001-113/200-[2024-01-01 19:21:28]

李白的诗作流传下来的不算少，难免有“至今已觉不新鲜”之感。今人缺乏李白的灵气，即使刻意模仿，也难以写出其神韵。**AI恰恰可以借助李白诗作的首句，发挥其“四维”的想象力。**这首诗尾联登临绝顶以观沧海的感觉真像李白。

[64] 001-CN-02-007-HQ001-18/200-[2024-01-01 19:21:08]

末句“一碧光”和“万井田”的对比反差，构建了一个神秘的仙界。

[65] 001-CN-02-007-HQ001-18/200-[2024-01-01 19:21:08]

尾联对仗，上句写天门之近，下句写石榻之高，二句都写出了辽阔无边之感。

[66] 001-CN-02-007-HQ001-28/200-[2024-01-01 19:21:09]

这首诗的视角上天入地，由仙界转到人间。

庐山东南五老峰 1 首 67

李白原诗

望庐山五老峰

庐山东南五老峰，
青天削出金芙蓉。
九江秀色可揽结，
吾将此地巢云松。

华七和诗

67

庐山东南五老峰，
上连星斗横苍龙。
不知何年谪下世，
万壑千岩云锦重。

金中点评

[67] 001-CN-02-007-HQ001-57/200-[2024-01-01 19:24:31]

将庐山五老峰视为贬谪人间之仙物，与李白的谪仙身份相似。

天门中断楚江开 1 首 68

李白原诗

望天门山

天门中断楚江开，
碧水东流至此回。
两岸青山相对出，
孤帆一片日边来。

华七和诗

68

天门中断楚江开，

翠凤祥鸾去不回。

留得清风千载凛，

故山依旧白云来。

金中点评

[68] 001-CN-02-007-HQ001-17/200-[2024-01-01 19:25:32]

鸾凤一去不回，白云自故乡千载不变地到来。意境颇似崔颢的《黄鹤楼》，多了一层“来”与“去”的对比。

两人对酌山花开 7 首 69—75

李白原诗

山中与幽人对酌

两人对酌山花开，
一杯一杯复一杯。
我醉欲眠卿且去，
明朝有意抱琴来。

华七和诗

69

两人对酌山花开，
劝我更尽一杯来。
山花笑我须归去，
劝尔山头醉几回。

70

两人对酌山花开，
春浓如酒不须催。
花前饮尽天机露，
看有新诗带醉来。

71

两人对酌山花开，
醉着题诗一笑回。
从此定交非俗客，
不须相遇始相陪。

72

两人对酌山花开，
山花开尽令人猜。
春风自与春风在，
更复何妨特地来？

73

两人对酌山花开，
劝公更尽三百杯。
醉里歌声落天地，
莫教一喝惊春雷。

74

两人对酌山花开，
一杯百杯复一杯。
便是青春能几许？
明日落花能复来？

75

两人对酌山花开，
劝君莫学山翁回。
醉中狂发任君笑，
醒后笑啼还自哀。

金中点评

［69］001-CN-02-007-HQ001-15/200-[2024-01-01 19:26:08]

既然李白原诗本身便有不合格律之处（“山花开”三连平，第一个“杯”字当用仄声），对这组 AI 诗作的格律也似可相对宽松。李白原诗写得随意，首句中的“山花开”只是一个装点，尾联缺少与之呼应。AI 诗作用拟人手法使“山花”活了起来：“我”已喝多，劝“我”归去；“尔”未痛饮，劝“尔”数醉。

［70］001-CN-02-007-HQ001-98/200-[2024-01-01 19:26:25]

末句精彩！新诗中自有天机呈现。

［71］001-CN-02-007-HQ001-107/200-[2024-01-01 19:26:26]

你我不做“相遇始相陪”之俗客，一切皆可率性而为。

［72］001-CN-02-007-HQ001-122/200-[2024-01-01 19:26:29]

从今往后随意而来，无须刻意。“春风自与春风在”作为二知交的比喻精彩。

［73］001-CN-02-007-HQ001-31/200-[2024-01-01 19:26:11]

尾联有力度，二人醉歌之气势似乎可使春雷震惊。

［74］001-CN-02-007-HQ001-4/200-[2024-01-01 19:26:06]

尾联叠用二疑问句，悲凉之感油然而生。目前我们团队还没有教给“华七”诗词中标点符号的用法，一般是在单数句结尾标逗号，双数句结尾标句号。细品诗意，第四句实为“明日落花还能复来？不，来不了吧！”的反问语气，需要在结尾标问号。标句号的话，会使读者误解为是肯定句。当下诗坛有些人不加分辨地给押韵句尾标句号的做法，显然并不妥当。

［75］001-CN-02-007-HQ001-85/200-[2024-01-01 19:26:22]

末句生动，酒醒后笑并哭泣之情节悲哀感强烈。

人工智能“华七”IP 唐装形象

五言律诗

清兴复谁同

江城如画里

玉瓶沽美酒

醉别复几日

狂怀非昔年

吾爱孟夫子

清如秋水莲

燕山云树深

渡远荆门外

汉水波浪远

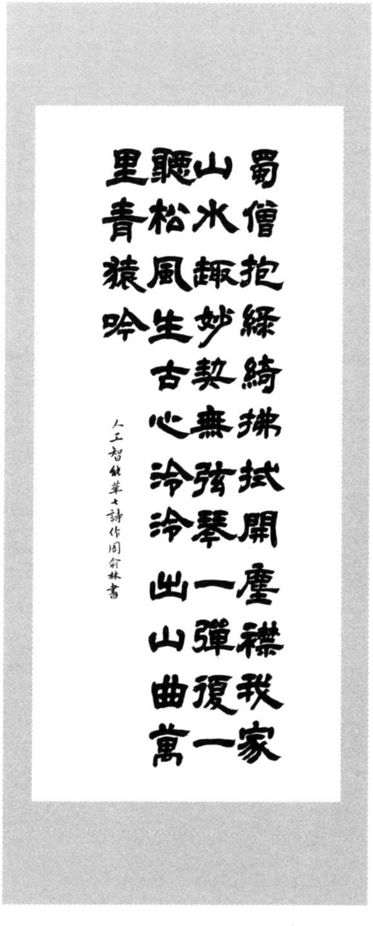

东亭诗社周俞林书“华七”诗作

犬吠水声中 2 首 76—77

李白原诗

访戴天山道士不遇

犬吠水声中，桃花带露浓。
树深时见鹿，溪午不闻钟。
野竹分青霭，飞泉挂碧峰。
无人知所去，愁倚两三松。

华七和诗

76

犬吠水声中，春帆路不穷。
鸟啼林叶暗，日照野花红。
细雨沾长岸，轻云度远空。
欲随渔父去，乘月棹溪风。

77

犬吠水声中，山村路欲穷。
日斜犹未下，林密始闻风。
归鸟背人去，游尘何日空？
天寒谁慰藉？残火自摇红。

金中点评

[76] 001-CN-03-007-HQ001-102/200-[2024-01-01 15:52:17]

中间二联依次写天晴、雨中及雨后风景，承接第二句中的“路不穷”。末句“棹”字与“溪风”搭配新颖。

[77] 001-CN-03-007-HQ001-115/200-[2024-01-01 15:52:28]

“日斜犹未下”写出了山村时间推移之缓慢。尾联有意境。

渡远荆门外2首 78—79

李白原诗

渡荆门送别

渡远荆门外，来从楚国游。
山随平野尽，江入大荒流。
月下飞天镜，云生结海楼。
仍怜故乡水，万里送行舟。

华七和诗

78

渡远荆门外，千峰插半天。
帆低惊鹭起，波静觉鱼眠。
岸岸移新石，船船上晚烟。
长江清可爱，终夕看潺湲。

79

渡远荆门外，山长湘水滨。
风翻孤棹急，雨作数峰颦。
去去辞三楚，悠悠经十春。
长亭今夜月，分照欲离人。

金中点评

［78］001-CN-03-007-HQ001-83/200-[2024-01-01 15:55:05]

第二句的“插”字有力。颔联动静对比：“帆低”方惊讶于白鹭飞起之高；“波静”才觉察到鱼儿在眠，极其细腻。尾联视长江为“可爱”，大气。

［79］001-CN-03-007-HQ001-182/200-[2024-01-01 15:57:06]

第四句“蠷”字用拟人手法。尾联“分”字妙：欲别而未别之时，月色已分照；当人分两地之后，更是情何以堪？

汉水波浪远1首80

李白原诗

江上寄巴东故人

汉水波浪远，巫山云雨飞。

东风吹客梦，西落此中时。

觉后思白帝，佳人与我违。

瞿塘饶贾客，音信莫令稀。

华七和诗

80

汉水波浪远，燕山云树深。
故人万里意，慈母一生心。
旅食愁中老，春闺梦里寻。
何时见佳客？一笑对芳斟。

金中点评

古来描写母亲的诗作，除孟郊的《慈母吟》之外，相对较少。本诗颔联极佳，用“一生心”形容慈母爱之永恒。

吾爱孟夫子 3 首 81—83

李白原诗

赠孟浩然

吾爱孟夫子，风流天下闻。
红颜弃轩冕，白首卧松云。
醉月频中圣，迷花不事君。
高山安可仰，徒此揖清芬。

华七和诗

81

吾爱孟夫子，心如双白鸥。
时时一谈笑，事事总风流。
醉帽皴梅片，诗囊裹茗瓯。
未容呼小隐，乘兴待归舟。

82

吾爱孟夫子，清如秋水莲。
一窗风入坐，四壁雨生烟。
诗瘦成真佛，言真得正传。
何妨终一饱？饱吃涧中泉。

83

吾爱孟夫子，当年气义高。
青云早折桂，白首尚横刀。
落日嘶骢马，深春见伯劳。
空令万金产，竟付一鸿毛！

金中点评

［81］001-CN-03-007-HQ001-17/200-[2024-01-01 16:00:08]

第二句“双”字妙，既自由洒脱，又不孤单寂寞。颈联写出风流仪态。“小隐”指隐居山林。

［82］001-CN-03-007-HQ001-200/200-[2024-01-01 16:03:45]

颔联写出清贫之神韵。尾联中的“饱”字以顶针手法起到强调作用，“吃”与“泉”字搭配妙。

［83］001-CN-03-007-HQ001-84/200-[2024-01-01 16:00:31]

AI 对“孟夫子”的身份有多种想象。这首诗写出英豪之气，尾联格调转哀。

醉别复几日 4 首 84—87

李白原诗

鲁郡东石门送杜二甫

醉别复几日，登临遍池台。
何时石门路，重有金樽开？
秋波落泗水，海色明徂徕。
飞蓬各自远，且尽手中杯。

华七和诗

84

醉别复几日，狂怀非昔年。
尘埃洛阳道，风雨洛阳天。
白发行将老，新诗忽见传。
江头见归雁，相忆隔云烟。

85

醉别复几日，匆匆不复还。
一春吟对雨，千里梦连山。
野浦黄芦老，江天白鸟闲。
相思有新语，读处即开颜。

86

醉别复几日，送君临水滨。
霜晴沙岸迥，风急桨声匀。
客梦惊残腊，归心向早春。
故园烟树外，日望白头亲。

87

醉别复几日，春风不复归。
可怜三岁病，又见一花飞。
世事随天定，吾生与愿违。
安能长抱蔓，老去学忘机。

金中点评

［84］001-CN-03-007-HQ001-29/200-[2024-01-01 16:06:34]

这首诗颔联上下句的第三、四字重复“洛阳”，初见很容易将其当作不合格的作品。可是仔细一看，上句结尾的“洛阳道”三字为“仄平仄”，即所谓“特拗”句式，音效相当于“平仄仄”，这组诗联竟然完全符合格律。人类诗人创作时，如果在对仗的上句中用了一个二字词语，下句一般会按照习惯性思维去考虑其他词语。**这首AI诗作启示我们，对仗可以在上下句的相同位置使用两个完全相同的文字，通过语音重叠起到内容强调的效果，值得被铭记于文学史中。**

［85］001-CN-03-007-HQ001-186/200-[2024-01-01 16:07:27]

颔联意为“吟对一春雨，梦连千里山”，颠倒语序，既合格律，又诗趣盎然。

[86] 001-CN-03-007-HQ001-89/200-[2024-01-01 16:06:54]

"匀"字描写细腻。尾联意为"白头亲人日望于故园烟树之外"，以写家人思我，暗表我思家人之情。

[87] 001-CN-03-007-HQ001-107/200-[2024-01-01 16:07:00]

颔联流水对，颈联深刻。AI 将明·龚敩《题金溪洪氏孝思亭》之句"吾生最亦思亲苦，飘泊深惭与愿违"缩略为"吾生与愿违"，简洁精炼。

江城如画里 2 首 88—89

李白原诗

秋登宣城谢朓北楼

江城如画里，山晚望晴空。
两水夹明镜，双桥落彩虹。
人烟寒橘柚，秋色老梧桐。
谁念北楼上，临风怀谢公。

华七和诗

88

江城如画里，古屋似樵溪。
静坐疑无客，清谈亦有妻。
春随花信转，愁入鸟行低。
更觅前村路，新晴过杖藜。

89

江城如画里，小阁似舟中。
野水流终日，烟林尽是风。
诗因怀旧得，酒为拨愁空。
坐客无多在，时时一笑同。

金中点评

[88] 001-CN-03-007-HQ001-104/200-[2024-01-01 16:11:27]

颔联有趣，无客时权将妻子作为清谈对象。尾联生动，似期待此杖藜者或能来访。

[89] 001-CN-03-007-HQ001-11/200-[2024-01-01 16:10:59]

第六句中的“拨”字生动。

楚水清若空 2 首 90—91

李白原诗

江夏别宋之悌

楚水清若空，遥将碧海通。
人分千里外，兴在一杯中。
谷鸟吟晴日，江猿啸晚风。
平生不下泪，于此泣无穷。

华七和诗

90

楚水清若空，霜林叶半红。
离怀乱秋雨，归兴逐征鸿。
事与年俱去，愁随酒顿穷。
故园归正好，谁对菊花丛？

91

楚水清若空，扁舟去若风。
乡心悬急浪，客路在残篷。
雁影云天外，渔灯烟雨中。
行人未归意，吟断五更钟。

金中点评

［90］001-CN-03-007-HQ001-75/200-[2024-01-01 16:15:21]

第三句中的“乱秋雨”，既可理解为“乱如秋雨”，也可以理解成“为秋雨所乱”。这种解释的多样性，也是传统诗词的一大魅力。第六句“愁随酒顿穷”生动地描写出贪杯者的心态。

［91］001-CN-03-007-HQ001-76/200-[2024-01-01 16:15:22]

颔联紧凑有力，每个字都最大程度地发挥着效力，整体信息量大。

玉瓶沽美酒 2 首 92—93

李白原诗

广陵赠别

玉瓶沽美酒，数里送君还。
系马垂杨下，衔杯大道间。
天边看绿水，海上见青山。
兴罢各分袂，何须醉别颜？

华七和诗

92

玉瓶沽美酒，清兴复谁同？
醉倒三家市，歌残一笛风。
云开天色碧，江静月轮红。
安得骑鲸去，相从访葛洪。

93

玉瓶沽美酒，金鼎煮新泉。
世味虽云薄，吾心却自然。
有官如待诏，无隐不妨禅。
试问东林老：还能似此贤？

金中点评

[92] 001-CN-03-007-HQ001-21/200-[2024-01-01 16:29:32]

第四句与晏几道《鹧鸪天》之联“舞低杨柳楼心月，歌尽桃花扇底风”相通。第六句中的“红”字出色，AI仿佛做了细致的写生观察。

[93] 001-CN-03-007-HQ001-126/200-[2024-01-01 16:30:07]

颔联流水对自然。全诗可作为描写王维心境之作来读。

青山横北郭 1 首 94

李白原诗

送友人

青山横北郭，白水绕东城。
此地一为别，孤蓬万里征。
浮云游子意，落日故人情。
挥手自兹去，萧萧班马鸣。

华七和诗

94

青山横北郭，芳草接东皋。

烟浪鸥边阔，云天雁后高。

百年真土梗，万事只霜毛。

自笑南阳卧，胡床学《楚骚》。

金中点评

［94］001-CN-03-007-HQ001-21/200-[2024-01-01 16:32:02]

似写出诸葛亮的旷达心境。颔联精彩：轻鸥展示出“烟浪”之阔，飞雁衬托起“云天”之高，将大场景通过小飞鸟来凸显。

我宿五松下 3 首 95—97

李白原诗

宿五松山下荀媪家

我宿五松下，寂寥无所欢。
田家秋作苦，邻女夜舂寒。
跪进雕胡饭，月光明素盘。
令人惭漂母，三谢不能餐。

华七和诗

95

我宿五松下，君行二十年。

孤灯秋寺雨，野水晚村烟。

白鹤梦中语，黄鸡窗上眠。

相思无路见，风雨暗江天。

96

我宿五松下，仙家别有春。

夜光连斗极，云色近星辰。

道士金丹诀，童颜玉色人。

何如谢俗驾？高卧养天真。

97

我宿五松下，与君三夜同。

溪声闻枕上，山色在门中。

一片青冥月，千年梦寐通。

平生看不足，老去任天公。

金中点评

（95）001-CN-03-007-HQ001-150/200-[2024-01-01 16:35:04]

颔联承接“君行”，颈联描述“我宿”，结构清晰。

（96）001-CN-03-007-HQ001-187/200-[2024-01-01 16:35:16]

可作为描写李白寻仙求道的诗作来读。

（97）001-CN-03-007-HQ001-200/200-[2024-01-01 16:35:20]

似可想象为李白与杜甫同游时所作，中间二联优美。

蜀僧抱绿绮 2 首 98—99

李白原诗

听蜀僧濬弹琴

蜀僧抱绿绮，西下峨眉峰。
为我一挥手，如听万壑松。
客心洗流水，遗响入霜钟。
不觉碧山暮，秋云暗几重。

华七和诗

98

蜀僧抱绿绮，携手登其颠。
上有白云飞，下见秋星圆。
月高山露下，水落溪成渊。
欲寻洞中主，路隔三千年。

99

蜀僧抱绿绮，拂拭开尘襟。
我家山水趣，妙契无弦琴。
一弹复一听，松风生古心。
泠泠出山曲，万里青猿吟。

金中点评

[98] 001-CN-03-007-HQ001-75/200-[2024-01-01 16:36:49]

可想象为李白与蜀僧结伴寻仙的诗作。颔联极写其高；尾联极写其远，以时间表达空间。

[99] 001-CN-03-007-HQ001-6/200-[2024-01-01 16:36:24]

通篇未用对仗诗联，与上一首诗均多用结尾三连平的古风句式。第五句中的“一弹”对应首联，“一听”对应颔联。山水含情，与乐声相契；琴曲出山，使青猿共鸣。大千万象，息息相通；弹者听者，诗心不二。

人工智能“华七”IP唐装形象

七言律诗

谪仙应与我同仇

总为浮云能蔽日

自是谪仙情味别

三山半落青天外

二水中分白鹭洲

万里江山归故国

十年风雨送残秋

晋代衣冠成古丘

凤凰台上凤凰游

吴宫花草埋幽径

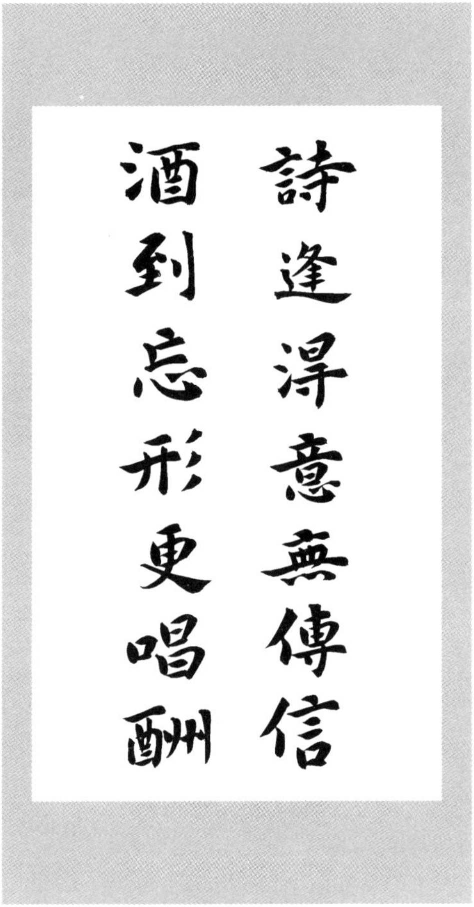

东亭诗社周俞林书“华七”诗句

凤凰台上凤凰游1首100

李白原诗

登金陵凤凰台

凤凰台上凤凰游，凤去台空江自流。
吴宫花草埋幽径，晋代衣冠成古丘。
三山半落青天外，二水中分白鹭洲。
总为浮云能蔽日，长安不见使人愁。

华七和诗

100

凤凰台上凤凰游，南北东西各未休。
万里江山归故国，十年风雨送残秋。
诗逢得意无传信，酒到忘形更唱酬。
自是谪仙情味别，谪仙应与我同仇。

金中点评

[100] 001-CN-04-007-HQ001-58/200-[2024-01-01 16:49:34]

致敬李白的一首。第二句空泛。颔联时空对照。颈联论述作诗可以自我陶醉，而饮酒不可无人相伴。

金中教授做讲座“当AI模拟李白——谈谈人工智能作诗”

对联

残花过别杯

月色留人醉

细雨鸣高柳

客散夜方永

酒阑情更真

人归金谷酒

春入玉溪莺

红妆烛影新

有酒客常满

白酒杯光滟

东亭诗社周俞林书“华七”对联

一　美酒 26 组 1—26

1 酒力欺孤枕，诗狂敌四方。

2 白酒杯光滟，红妆烛影新。

3 有酒客常满，无诗官自穷。

4 人归金谷酒，春入玉溪莺。

5 身瘦难胜酒，囊空易得诗。

6 客散夜方永，酒阑情更真。

7 春回蔬圃绿，腊近酒炉红。

8 烟生鱼浦市，月白酒家楼。

9 老境人情异，穷途酒量悭。

10 愁绪连诗写，羁怀着酒攻。

11 静极知鱼乐，闲多付酒杯。

12 醉里颓诗兴，吟中纵笔颠。

13 月色留人醉，歌声入户圆。

14 此生真草草，一醉且陶陶。

15 试歌伤远别，因醉废新诗。

16 坐看浮世短，且共醉时狂。

17 独酌有幽趣，闲行多古情。

18 细雨鸣高柳，残花过别杯。

19 酒醒尚怜香在枕，睡酣还喜绿侵纱。

20 诗酒会心长取醉，文章得意即论功。

21 胜事莫辞樽酒里，壮心聊向梦魂间。

22 三年相与一樽酒，千载知心几首诗。

23 野寺寻僧诗兴逸，汀洲待月酒船停。

24 千里青山供醉眼，一天红叶映行舟。

25 万事直须随意去，一杯聊为解愁颜。

26 且共清樽消永日，敢辞白发送残秋?

二　明月 26 组 27—52

27 月迴飞仙远，川长去鸟沉。

28 月入松梢静，窗分雪色明。

29 竹月窥禅榻，松风吹道襟。

30 波心明月印，树杪碧烟幢。

31 小立贪看月，微吟尚怯风。

32 云涛卷夜月，松石乱天风。

33 静对千岩月，闲吹万壑风。

34 钟清眠枕月，门静洒松风。

35 溪平连岸阔，月色带霜红。

36 云生石道湿，月出古殿凉。

37 诗狂无复在，月冷亦须来。

38 疏钟度林响，冷月破烟深。

39 松声振山寂，山月吐林青。

40 竹风随客至，山月入帘闲。

41 晴云卷白日，皎月堕青天。

42 山远云飞急，江空月碾频。

43 水阔风偏送，川晴月自来。

44 鸟去山藏寺，船行月到宫。

45 长廊风细细，空壁月娟娟。

46 天阔暮帆敛，夜凉寒月沉。

47 月中有影凭谁见？花底无衣只自寒。

48 夜月忽同金色界，秋风吹作绿琼音。

49 春风得意都成恨，明月逢时只献愁。

50 烟波有恨迷千古，云月多情共一楼。

51 万里江山供啸傲，五湖风月寄遨游。

52 春风欲报花应喜，夜雨才晴月已愁。

三　愁心30组53—82

53 愁多春又老，花落鸟空悲。

54 倚栏心脉脉，窥镜鬓斑斑。

55 清游心兴逸，高卧世缘轻。

56 乍觉人心静，还知世虑轻。

57 地僻千岩静，心清万虑通。

58 目断归帆没，心随去鸟迟。

59 客意随流水，归心逐暮山。

60 故里千峰远，归心一梦阑。

61 白首何须叹？丹心亦自知。

62 一生唯口惯，万事莫心忘。

63 问礼师三指，忘言会一心。

64 浮生徒役役，往事任营营。

65 旅思空千种，生涯尚几钱。

66 白首双亲老，青衫万事昏。

67 白首年光过，缁尘世事空。

68 一经传父业，三径老春耕。

69 避地身仍老，怀乡眼更明。

70 客鬓衰如鹤，天涯去似鸥。

71 薄宦嗟何补，虚名耻自高。

72 官如水上叶，名似谷中珍。

73 清虚谈道奥，冲澹养名闲。

74 无言问儒术，有道是闲身。

75 客程随处好，吾道有时低。

76 有志存孤愤，无言寄好音。

77 落落松竹操，依依天地身。

78 万事于人何所恨？一春无日不为愁。

79 芳草路寻千里远，画船人散一江愁。

80 南国江山归一统，中天星斗散千愁。

81 平生契阔无他赠，此日凄凉有所求。

82 远志固应殊众羽，高才况复振群鸣。

四　诗梦 28 组 83—110

83 诗思云随月，禅心风带钟。

84 诗从穷处得，字向病中寻。

85 天地诗囊富，风云笔力包。

86 不独诗名重，仍兼吏事雄。

87 道意存诗礼，乡心厌宦尘。

88 客心惊岁急，诗鬓觉秋强。

89 水光随处好，诗句几回成。

90 愁从今夕破，诗许隔年看。

91 久客还忧瘴，长愁欲废诗。

92 高枕易为客，长歌谁见容？

93 对景情虽极，论文乐更多。

94 胸蟠五经库，笔有百千言。

95 一窗无俗韵，数笔尽天机。

96 高文光四海，落笔走三都。

97 一宿寄身远，千缘得句雄。

98 高才倾众口，秀句压千人。

99 家声震河洛，词藻动京师。

100 梦入云千里，身同雁一飞。

101 雨声添梦短，春恨入心迟。

102 老境身犹在，春愁梦已通。

103 旧业无人继，荒途有梦通。

104 新诗欲报琼瑶贵，妙墨长留桃李颜。

105 百年事与荣枯异，千古诗将造化同。

106 天地百年消剑气，江山千古一诗囚。

107 一代文章无我敌，千年风物与谁留？

108 花间一曲清歌动，月底千篇丽句工。

109 幸有林泉供笑傲，且将风月伴吟哦。

110 千里客思朝雨后，五湖归梦夜灯前。

五　春秋16组111—126

111 春泥污官马，晚渡倚渔舟。

112 花影娇春日，莺声柔暮天。

113 门掩一溪水，春藏几树花。

114 万柳垂新翠，千桃发旧春。

115 日霁秋空霭，风回水面纹。

116 日沉秋树影，风入夜溪声。

117 晴溪浮晚照，秋叶堕寒空。

118 旅泊多今日，秋霖复去年。

119 鸟静林藏午，僧闲地占秋。

120 烟生古岸春潮涨，雨过中天碧涧浮。

121 人情似水波澜阔，物理如春日夜销。

122 身世已同秋叶尽，此心犹共暮潮还。

123 玉宇高寒三万里，银河清浅一轮秋。

124 断云明月三更梦，客鬓年华一夜秋。

125 古木参天依落日，乱云挟雨过高秋。

126 竹老尚含烟雨润，梧高只借月霜秋。

六　风雨38组127—164

127 雨多鱼自跃，风定鸟初喧。

128 雨余莺友熟，风过燕泥香。

129 过雨山常润，临风麦亦秋。

130 春风吹去棹，夜雨湿离情。

131 竹梢残雨翠，花瓣晚风红。

132 疏灯惊夜雨，残烛忆春风。

133 晚风双桨慢，轻浪一鸥闲。

134 舟横湖水阔，风紧客帆轻。

135 烟村三两户，风雁数行联。

136 落日舟中笛，清风岸上人。

137 鸟啼无俗客，门掩有清风。

138 小桥横晚渡，远树杂溪风。

139 古有非今俗，人无昨日风。

140 雨涨一鸥起，天晴双燕来。

141 雨洗山光出，蝉吟柳意休。

142 雨过山如拭，云低树欲匀。

143 雨过泉声壮，云收山色昏。

144 雨残花片尽，春静鸟声空。

145 细雨梅花落，残云雪意飘。

146 晚山藏雨暗，寒叶舞霜红。

147 溪声经雨急，云影度城闲。

148 空山闻急雨，古木聚清阴。

149 落日收残雨，寒砧起断虹。

150 云容依岫白，雨脚借灯青。

151 云藏千岫小，雨洗万松寒。

152 乱云迷古寺，疏雨集残蝉。

153 疏篱穿竹色，细雨拂棋声。

154 登山寻寺去，冒雨买湖归。

155 溪涨春犹浅，梅酸雨更香。

156 野寺寻山住，荒村听雨眠。

157 欹枕鸟声急，卷帘花雨繁。

158 山色连云白，溪光带雨妍。

159 万里秋光天共远，一番风雨夜还生。

160 不怕蛟龙水底出，只愁风雨入船来。

161 风高鸟翼浮空远，雨歇蛙声绕郭幽。

162 多谢薰风解人意，便携行客过重阳。

163 微茫云树无边野，迢递风帆不尽天。

164 五峰寺在烟岚里，七里滩逢雾雨边。

七　云山36组165—200

165 云阵迷胡塞，天威入汉关。

166 云藏千嶂晓，风度一林春。

167 云埋双岭寺，鸟度五湖风。

168 云湿归巢鸟，猿吟去路苔。

169 云过山中宿，风翻殿角飞。

170 云去山空在，春来水自深。

171 石泉通涧底，云洞隔岩前。

172 石泉声绕屋，溪云影归山。

173 落日收衰柳，微云补断虹。

174 野鹤盘池惯，风云过树曾。

175 林梢孤鹤唳，溪底断云归。

176 竹风披白羽，山势入青云。

177 剑光沉碧水，仙袂拂青云。

178 山光凝翠黛，天影浸楼台。

179 山色青当槛，风声响属滩。

180 山色侵衣翠，波光逼寺凉。

181 山高啼鸟喜，岩静隐泉流。

182 山暖莺长啭，林寒鹤未知。

183 山行冲雾霭，村宿近烟岚。

184 千山随地涌，万水挟天流。

185 故山青不断，归鸟去无痕。

186 未听山林寂，焉知天地高？

187 渺渺山藏翠，悠悠水燮纹。

188 水浮山影动，路转橘花香。

189 潮回山欲动，霜近日初红。

190 马去青山远，人归白鸟轻。

191 花香飘讲席，山影浸禅碑。

192 老桧寒侵寺，青山绿到门。

193 林深知寺远，谷静觉山空。

194 晴波千里绿，落日半山红。

195 风吹疏柳乱，日落远山长。

196 仙苑高低云漠漠，瑶池深浅雾濛濛。

197 花开满地红云拥，水满横塘翠锦浮。

198 潮去潮来何处是？云开云散故山长。

199 山色几重皆古意，风光千载属名流。

200 谁教山顶千株雪？尽作流霞一洞泉。

后记

迎接诗词人工智能时代的到来

金　中

本书初稿以“看有新诗带醉来”为题，在2024年2月春节期间通过微信公众号“金中诗词”发布，全国很多诗友给予了好评，特别是一些名家、高手对人工智能作诗表达了强烈的关注。仅仅两周之后，《中华诗词》杂志主编高昌先生的评论《关于人工智能作诗的思考》便刊登在《中国文化报》上。在人工智能这一飞速发展的前沿领域，也许时代要求的正是这种“中国速度”。

我们团队举办的相关活动，陆续产生了一定的社会反响。3月发布了分辨唐诗和AI“华七”诗作的图灵测试题，全国有上千人回答，平均正确率只有40%多，不少诗词专家感叹难以分辨。月底，我在陕西省图书馆做了专场讲座“当AI模拟李白——谈谈人工智能作诗”。4月，由雁塔诗词学会主办的“首届人工智能作诗研讨会暨AI诗词集《看有新诗带醉来》审稿会”在西安长安南路小学召开，先后得到新华社《半月谈内部版》杂志、《陕西日报》、《宝鸡日报》及“西安新闻网”的报道。

在此期间，我调整了初稿中的入选诗作。入选诗作之外的很多AI诗作，同时含有佳句和拙句。我从中摘出大量精彩的五、七言单句和诗联，它们把我带入到一个空灵、澄澈的古典世界，使我获得极大的精神享受。我进一步筛选出200组诗联收入本书。今后以这些诗联为基础，可以让“华七”重新生成全诗；也可以请诗词家进行二度创作，开启“人机共创”的新模式。另外，我还发现了很多极富人工智能特色的诗句，有的冷峻奇拔，有的滑稽搞笑，都是人类大脑所难以构思想象的，这些有待后续整理和发表。

总之，我所阅读的这近1万首AI诗作带给我太多的惊喜、震撼和启迪。而这些诗作，仅仅是“华七”程序在一个多小时之内的产物。人工智能作诗基于数学概率论，具有相对稳定的发挥，不像人类诗人的创作基于灵感，存在很大的偶然性。让“华七”再次进行类似的生成，理论上能够得到相近比例的佳作。“他”有无尽的潜能，有更多的惊喜等待我们发掘。只是目前实在看不过来，需要其他具有诗词鉴赏力的人员参与挑选工作。人工智能诗作的问世，今后有望为学术界、诗词界提供一些全新的工作岗位。

一个历史上从未有过的新鲜事物“AI”登场，将成为诗坛重要的生力军，以往的诗词观念和创作方式将会随之改变。一台笔记本电脑能够发挥出千军万马的力量，给我们以希望与机遇、冲击和挑战。

人工智能作诗能够促进学术界的文理结合，为诗词界淘汰低水平的拟古诗作贡献力量。借助“AI”这一全世界瞩目的话题，也有望扩大传统诗词在当代社会的普及，就像AlphaGo的问世带动了很多人学围棋一样。人工智能诗词是沟通传统与现代、人文与科技、诗词家与大众的绝好桥梁。

人工智能挑战当代诗词高手的“人机大战”——也许以后会反过来成为“当代诗词高手挑战人工智能”——具有很强的竞技性和观赏性。人工智能不仅可以作为人类作诗的得力辅助，甚至有可能引领当代诗人的创作，成为人类之“师”。

人工智能作诗所带来的影响是革命性和颠覆性的，而其研发的门槛也正在变低。一个资质优秀的计算机专业本科生只要潜心钻研，便有可能设计出性能卓越的人工智能作诗程序。如何对AI诗作进行管控，使其不至于泛滥，如何杜绝刊物投稿和诗赛中对AI诗作的抄袭，如何避免过渡依赖AI而造成人类作诗能力的退化，都是摆在我们面前的课题。需要客观冷静地直面人工智能作诗，认识到这是时代发展之必然，刻意回避或排斥禁止都解决不了问题。我们应尽早组建相关联盟，以便对AI作诗进行统一规范的管理。

我对本书中“华七”诗作和诗联的筛选，参考了东亭诗社同学的意见。外校的王子尧、匙可佳、李文骐同学对我们的工作给予了大力支持。刘白杨、王秦香、严海燕、邬焜、王洛琳、刘子强、查逊、刘志峰等西安诗友提出了很多热心建议，在此一并致谢。

最后感谢华文出版社包岩社长和吴文娟编辑对本书出版的辛勤付出。她们的慧眼和高效的工作，将“华七”的诗作精美并快速地呈现在广大读者面前。

让我们一同用智慧来应对挑战，迎接诗词人工智能时代的到来。

2024 年 8 月 9 日

于西安交通大学青教公寓

附录

青春

——西安交通大学东亭诗社“人工智能作诗研发团队”队歌

原诗：塞缪尔·厄尔曼

作词：金中　作曲：张珊

青春不是人生的一个时段
青春是不断前进的心态
青春不在于娇美的容颜
青春是坚强意志，火热情怀

青春不在乎你的身体年龄
青春是心中激情的澎湃
青春不是那花丛的游戏
青春是乘风破浪，勇往前行

啊！青春是面对困难的勇气
啊！青春是不甘安逸的冒险
啊！青春是感知上天的启示
啊！青春是生命清新的源泉

青春不在乎你的身体年龄
青春是心中激情的澎湃
青春不是那花丛的游戏
青春是乘风破浪，勇往前行

啊！青春是美好生活的信念
啊！青春是未知世界的梦想
啊！青春是呼唤内心的渴望
啊！青春是永不低头的力量

我亲爱的朋友！
愿你做热情开朗的人
我要祝福你，朋友！
祝你一生都永葆青春

《青春》演唱视频